LABIRINTO

AJUDE MALIBU A CHEGAR ATÉ A AMIGA BROOKLYN.

RESPOSTA NA PÁGINA 29.

ENCONTRE A SOMBRA

MARQUE A SOMBRA QUE CORRESPONDE À IMAGEM.

RESPOSTA: B.

HORA DE COLORIR!

CAÇA-PALAVRAS

PROCURE NO DIAGRAMA OS MATERIAIS DE QUE BARBIE E AS AMIGAS VÃO PRECISAR PARA TEREM UM BOM ESTUDO.

- **LIVRO**
- **LÁPIS**
- **BORRACHA**
- **CADERNO**
- **CANETA**
- **APONTADOR**

A	B	E	C	A	T	I	N	O	M	S	A	E	S	A
R	T	E	C	A	D	E	R	N	O	S	B	O	L	D
R	A	N	T	D	I	M	U	P	N	A	I	F	Á	R
V	P	E	H	Á	L	I	V	R	O	O	H	S	P	R
R	O	F	B	P	O	N	D	O	R	R	A	U	I	A
D	N	R	O	E	U	B	F	I	A	T	F	A	S	R
I	T	D	R	T	C	Á	T	N	A	H	C	L	Á	M
L	A	T	R	I	O	M	A	V	R	R	A	Á	H	O
S	D	U	A	F	A	C	A	N	E	T	A	D	I	S
A	O	F	C	V	H	V	R	E	S	V	U	P	O	F
B	R	Á	H	A	D	Á	B	O	R	A	T	O	S	R
O	T	H	A	C	O	P	I	U	D	E	D	N	V	O

RESPOSTA NA PÁGINA 29.

LIGUE OS PONTOS

LIGUE OS PONTOS PARA COMPLETAR O DESENHO.

JOGO DAS SOMBRAS

LIGUE CADA PERSONAGEM À SUA SOMBRA CORRESPONDENTE.

RESPOSTA: A - 2; B - 3; C - 1.

CAMINHO CERTO

MARQUE O CAMINHO CORRETO E AJUDE
O ADORÁVEL CÃOZINHO ENCONTRAR A BARBIE.

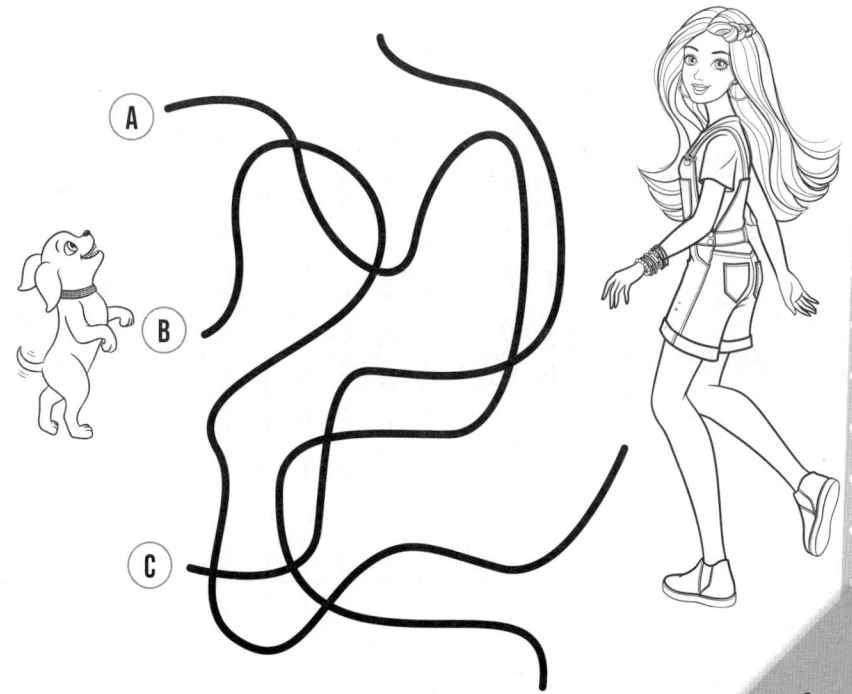

RESPOSTA: C.

CAÇA-PALAVRAS

BARBIE É MUITO LIGADA À MODA. PROCURE NO DIAGRAMA O NOME DE ALGUMAS PEÇAS DE ROUPA.

- VESTIDO
- SAIA
- PULÔVER
- CALÇA
- JAQUETA
- MACACÃO

C	I	L	B	F	A	T	O	V	E	R	T	A	N	I
A	J	Q	U	V	E	U	S	A	I	A	F	V	Ô	R
B	V	I	R	E	T	A	L	A	N	T	O	C	A	L
R	E	V	E	J	S	Q	U	E	F	A	I	A	S	D
R	S	A	U	A	U	R	E	T	Ç	A	T	L	E	M
L	T	Ã	M	Q	E	T	Ô	A	N	I	A	Ç	A	S
Ã	I	U	T	U	S	E	J	M	E	J	R	A	V	Ô
Ç	D	V	M	E	N	E	B	I	Ç	Ã	O	L	B	J
L	O	E	Ô	T	C	P	U	L	Ô	V	E	R	M	A
M	A	R	E	A	A	S	I	A	Q	U	B	A	J	U
R	Ô	R	A	D	E	N	O	M	A	C	A	C	Ã	O
J	E	M	C	O	Ã	O	T	C	L	P	U	O	T	A

RESPOSTA NA PÁGINA 29.

HORA DE COLORIR!

JOGO DOS 5 ERROS

ENCONTRE AS CINCO DIFERENÇAS ENTRE AS DUAS IMAGENS.

ENCONTRE A SOMBRA

MARQUE A SOMBRA QUE CORRESPONDE À IMAGEM.

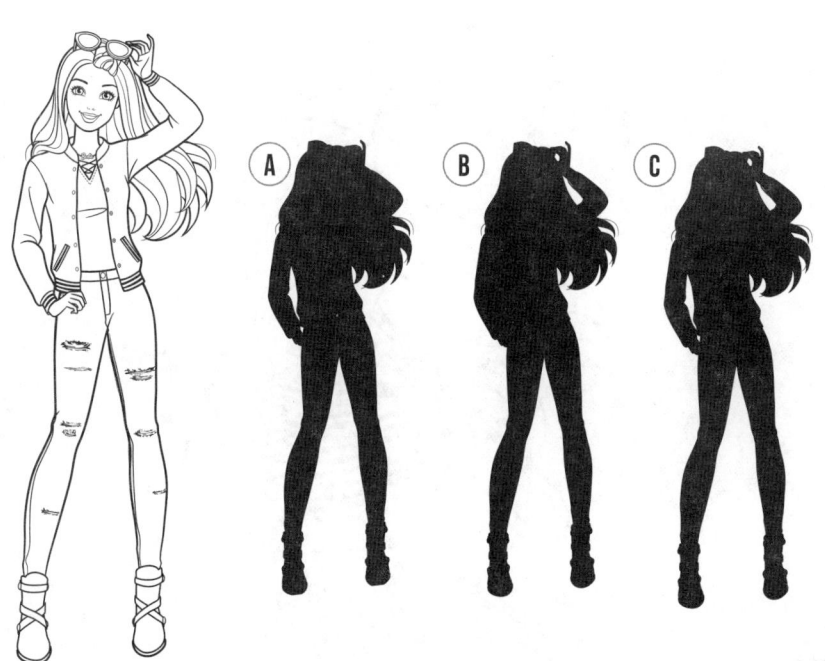

RESPOSTA: C.

LIGUE OS PONTOS

LIGUE OS PONTOS PARA COMPLETAR O DESENHO.

DESENHO INCOMPLETO

QUAL PEÇA COMPLETA ESTE DESENHO?

A

B

C

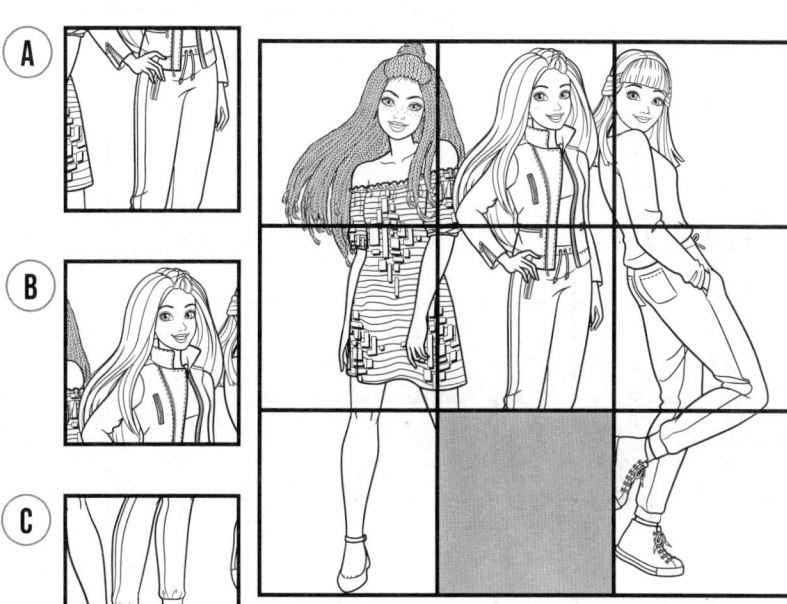

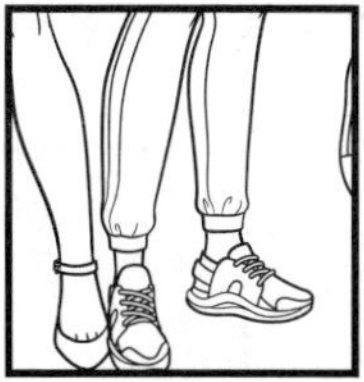

RESPOSTA: C.

LABIRINTO

AJUDE BROOKLYN E MALIBU A ATRAVESSAREM O LABIRINTO.

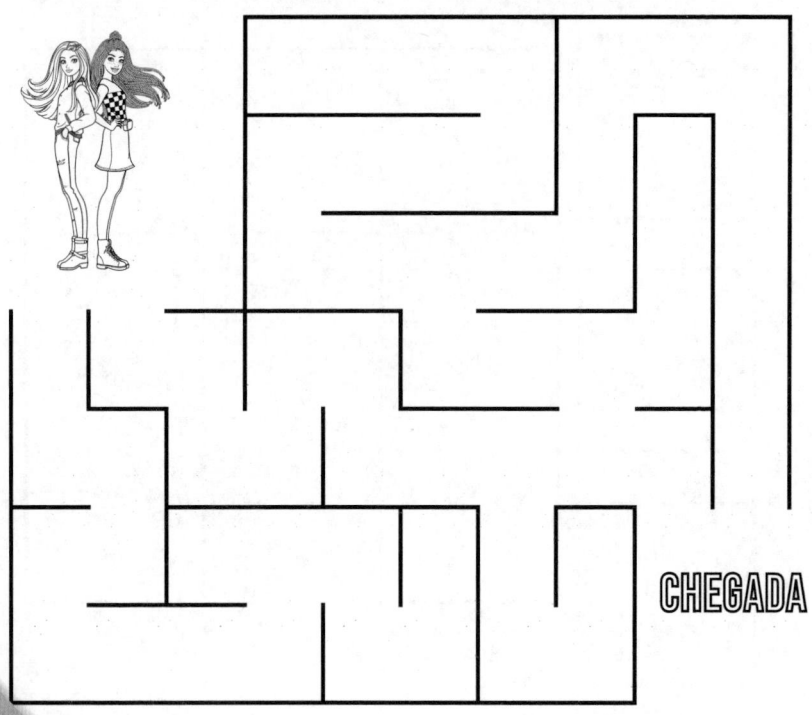

CHEGADA

CRUZADINHA

VOCÊ CONHECE TODA A TURMA DA BARBIE?
ENTÃO, COMPLETE A CRUZADINHA.

- **BROOKLYN** • **KEN** • **TERESA**
- **NIKKI** • **RENEE**

RESPOSTA: C. 1 - BROOKLYN, 2 - KEN, 3 - TERESA, 4 - NIKKI, 5 - RENEE

PALAVRA SECRETA

RISQUE AS LETRAS QUE SE REPETEM EM CADA LINHA PARA DESCOBRIR QUAL É O NOME DA IRMÃ MAIS NOVA DA BARBIE.

```
OOOOOOOCOOO
NNNNHNNNNN
FFFFFFFEFFF
ZZZLZZZZZZZ
GGGGGGGGSGG
FFFFFFFFEFFFF
HHHHHAHHHHH
```

RESPOSTA: CHELSEA.

JOGO DOS 5 ERROS

ENCONTRE AS CINCO DIFERENÇAS ENTRE AS DUAS IMAGENS.

(A)

(B)

RESPOSTA NA PÁGINA 30.

ENCONTRE A SOMBRA

MARQUE A SOMBRA QUE CORRESPONDE À IMAGEM.

DESENHO INCOMPLETO

QUAL PEÇA COMPLETA ESTE DESENHO?

RESPOSTA: A.

CRUZADINHA

VOCÊ CONHECE TODA A FAMÍLIA ROBERTS?
COMPLETE A CRUZADINHA!

- **BARBIE** • **SKIPPER** • **CHELSEA** • **STACIE**

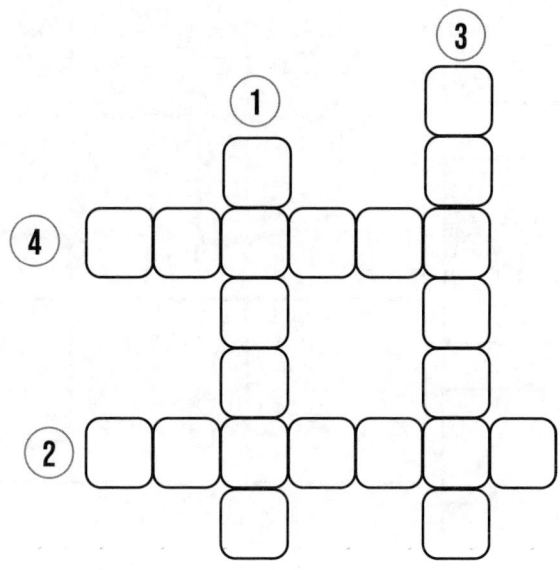

RESPOSTA: 1 - BARBIE; 2 - SKIPPER; 3 - CHELSEA; 4 - STACIE.

BATALHA DA MODA

QUAL DESTES LOOKS É O SEU FAVORITO?
PINTE-O COM CORES FABULOSAS.

CAÇA-PALAVRAS

BARBIE ADORA PRATICAR ESPORTES. PROCURE NO DIAGRAMA O NOME DE ALGUNS DELES.

- FUTEBOL
- HIPISMO
- GINÁSTICA
- BASQUETE
- NATAÇÃO
- TÊNIS

T	G	P	A	S	N	A	T	I	D	Q	U	B	O	L
A	G	I	N	Á	S	T	I	C	A	S	D	U	T	E
N	H	S	B	U	D	A	U	G	I	S	H	N	Á	R
A	I	M	T	O	U	F	G	O	Q	F	I	U	T	I
Ç	T	P	A	J	T	Ê	H	R	U	L	P	G	O	D
Ã	Ê	S	A	G	I	N	D	U	I	S	I	D	F	Ç
H	N	E	H	F	S	T	Á	T	I	M	S	O	U	Ã
I	I	T	M	O	F	U	D	E	B	F	M	P	T	O
P	S	N	B	A	S	Q	U	E	T	E	O	T	E	S
Á	G	I	S	D	O	L	J	A	Ê	M	B	O	B	T
S	B	N	A	T	A	Ç	Ã	O	D	A	H	I	O	Ê
T	I	S	E	S	D	O	A	H	I	J	D	M	L	N

RESPOSTA NA PÁGINA 30.

HORA DE COLORIR!

CAMINHO CERTO

BARBIE ADORA DANÇAR! MARQUE O CAMINHO QUE A LEVARÁ ATÉ O APARELHO DE SOM!

JOGO DOS 5 ERROS

ENCONTRE AS CINCO DIFERENÇAS ENTRE AS DUAS IMAGENS.

HORA DE COLORIR!

RESPOSTAS

RESPOSTAS